Anónimo

Lazarillo de Tormes

ENRIQUE LORENZO

sm

fundación sm

La Fundación SM destina los beneficios de las empresas SM a programas culturales y educativos, con especial atención a los colectivos más desfavorecidos.

Si quieres saber más sobre los programas de la Fundación SM, entra en **www.fundacion-sm.org**

LITERATURA**SM**•COM

Primera edición: junio de 2024

Dirección editorial: Berta Márquez
Coordinación editorial: Iria Torres
Dirección de arte: Lara Peces
Diseño: Eduardo Nacarino

Contenido pedagógico: Paloma Jover

Fotografías: «Tiempo de pícaros», *El Ministerio del Tiempo*. Cliffhanger, Onza Partners, RTVE

Impresores, 2
Parque Empresarial Prado del Espino
28660 Boadilla del Monte (Madrid)
www.grupo-sm.com

ISBN: 978-84-1182-204-6
Depósito legal: M-7645-2024
Impreso en España / *Printed in Spain*

El papel utilizado para la impresión de este libro está calificado como papel ecológico y procede de bosques gestionados de manera sostenible.

Para Zaida

PERSONAJES

Lázaro niño

Muchacho pícaro y pobre, fue cambiando de amo a lo largo de su vida.

Lázaro adulto

El protagonista, que nos cuenta su propia historia.

esposa de Lázaro

Esposa de Lázaro ya adulto y criada del arcipreste.

Amos

el ciego

Primer amo de Lázaro.
Cruel y egoísta,
enseña al joven, a base
de palos, cómo sobrevivir.

el clérigo

Segundo amo de Lázaro.
Corrupto y estafador,
encarna la falsa religiosidad
de la época.

el escudero

Tercer amo de Lázaro.
Hombre bondadoso pero sujeto
a las convenciones sociales,
que le hacen ocultar su pobreza.

el arcipreste de San Salvador

Noveno amo de Lázaro,
le proporciona estabilidad,
pero es tan corrupto
como el clérigo.

¡ALGUACIL, QUE ENTRE LÁZARO GONZÁLEZ PÉREZ!
¿SABES POR QUÉ TE HEMOS CITADO?
PUES... PARA HABLAR DE LO QUE SE RUMOREA SOBRE MI SEÑOR Y AMIGO DE VUESTRA MERCED: EL ARCIPRESTE DE SAN SALVADOR.
RUMORES QUE TAMBIÉN A TI TE ATAÑEN, ASÍ QUE COMIENZA Y RELÁTAME EL CASO MUY POR EXTENSO.
CON VUESTRO PERMISO, SEÑORÍA, PREFIERO TOMAR EL ASUNTO NO POR EL MEDIO, SINO DESDE EL PRINCIPIO, PARA QUE TENGA ENTERA NOTICIA DE MI PERSONA.

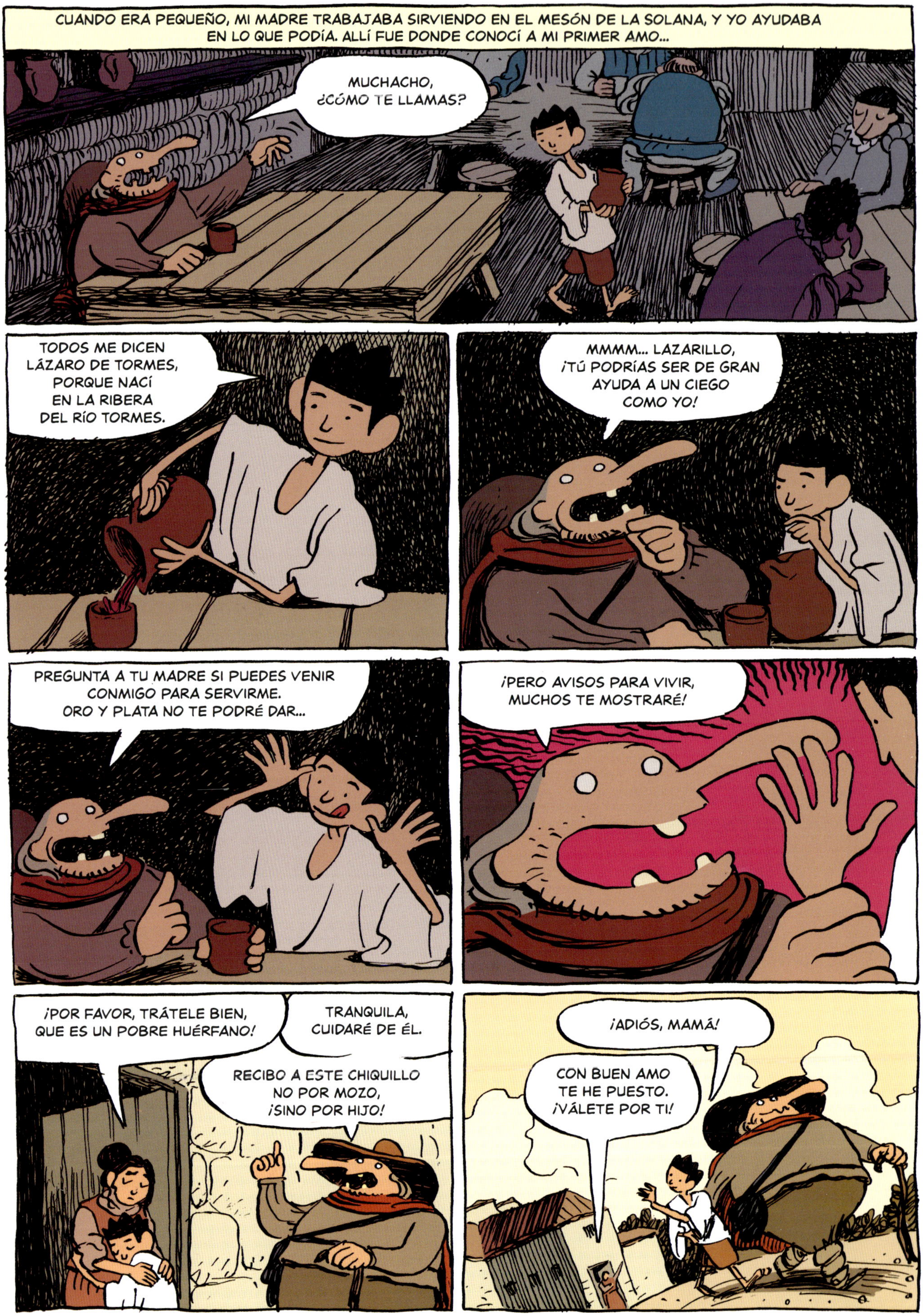
CUANDO ERA PEQUEÑO, MI MADRE TRABAJABA SIRVIENDO EN EL MESÓN DE LA SOLANA, Y YO AYUDABA EN LO QUE PODÍA. ALLÍ FUE DONDE CONOCÍ A MI PRIMER AMO...
MUCHACHO, ¿CÓMO TE LLAMAS?
TODOS ME DICEN LÁZARO DE TORMES, PORQUE NACÍ EN LA RIBERA DEL RÍO TORMES.
MMMM... LAZARILLO, ¡TÚ PODRÍAS SER DE GRAN AYUDA A UN CIEGO COMO YO!
PREGUNTA A TU MADRE SI PUEDES VENIR CONMIGO PARA SERVIRME. ORO Y PLATA NO TE PODRÉ DAR...
¡PERO AVISOS PARA VIVIR, MUCHOS TE MOSTRARÉ!
¡POR FAVOR, TRÁTELE BIEN, QUE ES UN POBRE HUÉRFANO!
TRANQUILA, CUIDARÉ DE ÉL.
RECIBO A ESTE CHIQUILLO NO POR MOZO, ¡SINO POR HIJO!
¡ADIÓS, MAMÁ!
CON BUEN AMO TE HE PUESTO. ¡VÁLETE POR TI!

SALIMOS DE SALAMANCA Y MI AMO QUISO PARAR JUNTO A UN TORO DE PIEDRA QUE HABÍA EN EL CAMINO...
ACERCA TU OÍDO A ESTE TORO Y OIRÁS UN GRAN RUIDO DENTRO DE ÉL.
PUES YO NO ESCUCHO NADA.
¡AY!
¡JA, JA, JA! ¡APRENDE! ¡EL MOZO DE UN CIEGO UN PUNTO HA DE SABER MÁS QUE EL DIABLO! ¡JA, JA, JA, JA!
AQUEL CIEGO RESULTÓ SER TAN AVARIENTO Y MEZQUINO QUE ME MATABA DE HAMBRE. PERO YO LE HACÍA BURLAS ENDIABLADAS PARA QUEDARME CON LA MEJOR PARTE...
LAZARILLO, SI ESTÁS ATENTO, PODRÁS APRENDER MUCHO DE MÍ.
CIENTO Y TANTAS ORACIONES SÉ DE MEMORIA...
¿TANTAS?
CRAC
... ¡Y OTRAS MIL FORMAS TENGO PARA SACAR EL DINERO!
GLUB GLUB
¡NINGUNO CREÓ DIOS MÁS ASTUTO NI SAGAZ QUE YO!

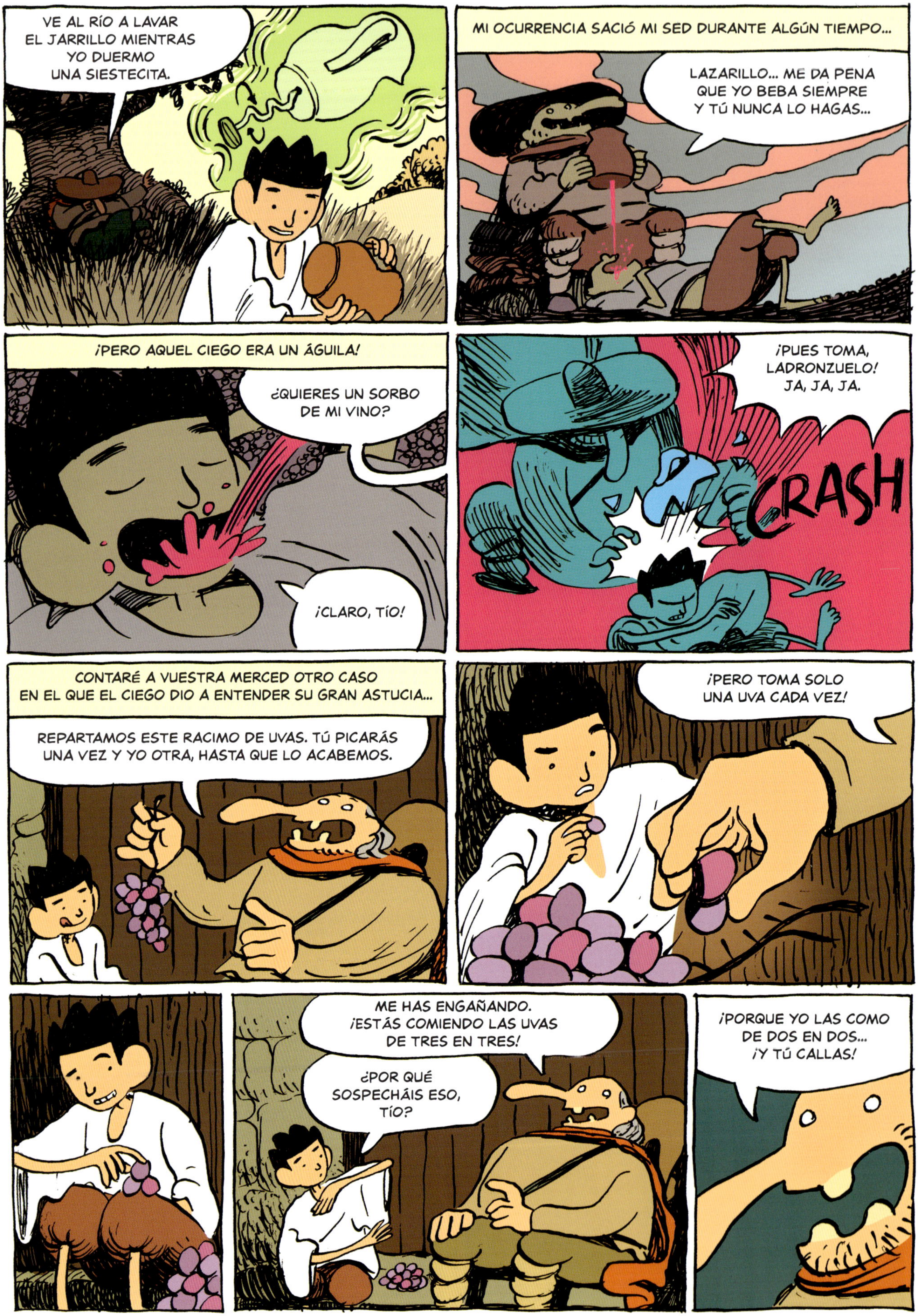
VE AL RÍO A LAVAR EL JARRILLO MIENTRAS YO DUERMO UNA SIESTECITA.
MI OCURRENCIA SACIÓ MI SED DURANTE ALGÚN TIEMPO...
LAZARILLO... ME DA PENA QUE YO BEBA SIEMPRE Y TÚ NUNCA LO HAGAS...
¡PERO AQUEL CIEGO ERA UN ÁGUILA!
¿QUIERES UN SORBO DE MI VINO?
¡CLARO, TÍO!
¡PUES TOMA, LADRONZUELO! JA, JA, JA.
CRASH
CONTARÉ A VUESTRA MERCED OTRO CASO EN EL QUE EL CIEGO DIO A ENTENDER SU GRAN ASTUCIA...
REPARTAMOS ESTE RACIMO DE UVAS. TÚ PICARÁS UNA VEZ Y YO OTRA, HASTA QUE LO ACABEMOS.
¡PERO TOMA SOLO UNA UVA CADA VEZ!
ME HAS ENGAÑANDO. ¡ESTÁS COMIENDO LAS UVAS DE TRES EN TRES!
¿POR QUÉ SOSPECHÁIS ESO, TÍO?
¡PORQUE YO LAS COMO DE DOS EN DOS... ¡Y TÚ CALLAS!

Y OTRO DÍA, CUANDO DESCANSÁBAMOS EN UN MESÓN...
MUCHO ME TEMO QUE DE ESTA LONGANIZA SOLO VOY A GOZAR EL OLOR...
PERO CUANDO EL CIEGO DESCUBRIÓ EL ENGAÑO...
PUAJ
¡TE HAS COMIDO LA LONGANIZA, RUFIÁN!
¡NO, TÍO! ¿COMO PODRÍA HABERLO HECHO?

¡NO MIENTAS!
¡PUEDO OLERTE EL ALIENTO!
¡ARGG!
¡GRANUJA!
DESPUÉS DE AQUELLO, DECIDÍ ABANDONAR A ESTE AMO...

PERO PRIMERO QUERÍA VENGARME...
LAZARILLO, GUARDÉMONOS DE LA LLUVIA ANTES DE QUE LLEGUE LA NOCHE.
CORRE MUCHA AGUA POR AQUÍ, TÍO. YO LE DIRÉ DÓNDE HAY UN SITIO ESTRECHO PARA QUE PUEDA SALTAR SIN MOJARSE LOS PIES.
¡SALTAD TODO LO QUE PODÁIS!
¡HOP!
¡AY!
¿CÓMO? ¿OLISTE LA LONGANIZA Y NO EL POSTE? ¡HUELE, HUELE! ¡JA, JA, JA!

¡HUELE, HUELE! JI, JI, JI.
¡NO LE VEO LA GRACIA!
¡Y TAMPOCO VEO QUÉ TIENE QUE VER TODO ESTO CON EL SEÑOR ARCIPRESTE DE SAN SALVADOR!
TENGA PACIENCIA VUESTRA MERCED. SERÍA UNA PENA QUE UNA HISTORIA TAN SEÑALADA COMO LA MÍA SE PERDIERA EN LA SEPULTURA DEL OLVIDO.
PERMÍTAME QUE LE CUENTE LO QUE ME OCURRIÓ DESPUÉS DE ABANDONAR A AQUEL CIEGO...

FUIME A UN LUGAR QUE LLAMAN MAQUEDA, ADONDE ME TOPARON MIS PECADOS CON UN CLÉRIGO.
¿BUSCAS AMO, MUCHACHO? SI SABES AYUDAR A MISA, PUEDES VENIR CONMIGO.
TE NOTO HAMBRIENTO, PEQUEÑO. TAL VEZ TENGA AQUÍ ALGUNA GOLOSINA PARA TI.
TOMA, COME Y TRIUNFA, QUE PARA TI ES EL MUNDO. ¡MEJOR VIDA TIENES QUE EL PAPA!
MIRA, MOZO...
LOS SACERDOTES HAN DE SER MUY TEMPLADOS EN SU COMER Y BEBER...
¡POR ESO YO NO ME DESMANDO COMO OTROS!
¡ESCAPÉ DEL TRUENO Y DI EN EL RELÁMPAGO!
CLAC
EN AQUELLA CASA NO HABÍA NINGUNA COSA DE COMER QUE ESCAPASE A LA VIGILANCIA DE MI NUEVO AMO.

POR SUERTE, DE VEZ EN CUANDO PODÍA ALIVIAR UN POCO EL HAMBRE QUE A UN PASO ESTABA DE LLEVARME A LA SEPULTURA.
HOY TENEMOS QUE HACER UNA VISITA. NO TE SEPARES DE MÍ, MANTENTE SERIO Y RECUERDA: DONDE FUERES, HAZ LO QUE VIERES.
IN NOMINE PATRIS, ET FILII, ET SPIRITUS SANCTI...
JAMÁS ME ALEGRÉ YO DE LA DESGRACIA AJENA SINO ENTONCES. QUE DIOS ME PERDONE...
ÑAM ÑAM
ÑAM ÑAM
PERO YA QUE AQUEL POBRE NO PODÍA...
...YO ME HARTABA EN SU LUGAR.
ÑAM ÑAM
ÑAM

DE ESTA MANERA, LOS DÍAS EN QUE ENTERRÁBAMOS YO VIVÍA, PERO CUANDO NO HABÍA MUERTO...
¡LÁZARO, CUIDA DE LA CASA MIENTRAS SALGO A HACER UNOS RECADOS!
¡SÍ, AMO!
MI PRIMER AMO ME TRAÍA MUERTO DE HAMBRE, Y AHORA ESTE CASI ME TIENE EN LA SEPULTURA. ¡SI TOPO CON UN TERCERO, SOLO ME QUEDA FENECER!
¡CALDEREROOOOOO!
!
¡CALDERERO! HE PERDIDO UNA LLAVE DE ESTE TAMAÑO, Y TEMO QUE MI SEÑOR ME AZOTE. ¿NO TENDRÉIS ENTRE LAS VUESTRAS UNA QUE ME SIRVA?
♪
CLANC
CLINC
CLONC
CLINC
¡HECHO! Y AHORA... ¿CÓMO PIENSAS PAGARME?
TOMAD DE AHÍ EL PAGO...

DOS DÍAS PASÉ HACIENDO USO DE MI QUERIDA LLAVE Y DISFRUTANDO DE AQUELLOS PANES, PERO AL TERCERO...
¡QUÉ EXTRAÑO! ¡SI NO TUVIERA ESTA ARCA CERRADA CON LLAVE, DIRÍA QUE ME HABÍAN TOMADO DE ELLA PANES!
SOLO POR CERRAR LA PUERTA DE LA SOSPECHA QUIERO TENER BUENA CUENTA CON ELLOS: NUEVE QUEDAN Y UN PEDAZO.
ZZZZZZZZZZZZZZZZZZ
¿DE QUÉ ME SIRVES AHORA?
¿QUÉ PUEDO HACER?
ESTO ME DA UNA IDEA.
UN POQUITO DE AQUÍ...
OTRO POCO DE ESTE OTRO...

¡¡PERO QUÉ ES ESTO!!
¡QUÉ HA DE SER! ¡RATONES, QUE NO HAN DEJADO UN PAN SANO!
¡POR ESTE AGUJERO DEBEN DE HABER ENTRADO! ¡MALDITOS!
¡PERO NOSOTROS SOMOS MÁS LISTOS QUE ESOS RATONES! ¡LÁZARO, TRÁEME CLAVOS Y UN MARTILLO!
ZZZZ-ZZZZZZZZZ
AHORA VEREMOS SI SOIS MÁS LISTO QUE ESTE RATÓN, JE, JE, JE.
RAS RAS

¡¡NO PUEDE SER!!
¡HAN HECHO OTRO AGUJERO Y HAN VUELTO A COMERSE EL PAN! ¡ESTOS RATONES NO SE DAN POR VENCIDOS!
¿HABÉIS OÍDO ALGUNA VEZ ESO DE «DONDE UNA PUERTA SE CIERRA, OTRA SE ABRE»? TODO LO QUE ÉL CERRABA... YO LO VOLVÍA A ABRIR.
PAM PAM
RAS RAS RAS
PAM
PAM
RAS RAS RAS
¡ESTOS RATONES ME ESTÁN DEJANDO EL ARCA COMO UN COLADOR! ¡PERO CON ESTA TRAMPA SE VAN A ENTERAR!
¿Y NO CREE, AMO, QUE LOS RATONES CAERÁN MÁS FÁCILMENTE EN LA TRAMPA SI LES PONE UN PEDAZO MÁS GRANDE DE QUESO? ¿O UN PEDAZO DE CHORIZO?
SNIF
SNIF
JA, JA, JA. ¡QUÉ INOCENTE ERES, LAZARILLO! ¡A LOS RATONES LES DA IGUAL!
¡NO A ESTE, AMO! ¡NO A ESTE!

¡ES INCREÍBLE! AYER PUSE TRAMPAS, PERO ESTA MAÑANA FALTABA EL QUESO, EL PAN ESTABA RATONADO Y NO HABÍA CRIATURA ALGUNA DENTRO DE ELLAS.
¡SÍ, INCREÍBLE!
EN VUESTRA CASA YO ME ACUERDO DE QUE SOLÍA ANDAR UNA CULEBRA. ESTA DEBE DE SER, SIN DUDA, QUE, COMO ES LARGA, PUEDE ENTRAR Y SALIR A PLACER.
SÍ, ESO DEBE DE SER.
UNA CULEBRA, CLARO.
CLARO.
¡¿UNA CULEBRA?!
DESDE ENTONCES MI AMO NO DORMÍA TAN A SUEÑO SUELTO...
¿QUÉ HA SIDO ESE RUIDO?
¡LA CULEBRA! ¡LA CULEBRA!
PLAS
PLAS
¡LA CULEBRA!
¡CUIDADO, LÁZARO! ¡QUE ESTOS ANIMALES SE ARRIMAN A LAS CAMAS BUSCANDO CALOR!
ESPERO QUE NO ME MUERDA.

A PUNTO ESTUVO DE ENCONTRAR LA LLAVE QUE YO HABÍA ESCONDIDO ENTRE LAS PAJAS.
ASÍ QUE DECIDÍ GUARDARLA EN UN LUGAR MÁS SEGURO.
MALDITA CULEBRA, ¡PUEDO OÍRTE SISEAR!
¡AHORA VERÁS!
¡LÁZARO, MUCHACHO! ¿ESTÁS BIEN?
AY
AY
¡¿PERO QUÉ ES ESTO?!

¡PARECE QUE AL FIN HE HALLADO EL RATÓN Y LA CULEBRA QUE ME DABAN GUERRA!
¡TRES DÍAS TARDÉ EN RECUPERAR EL SENTIDO!
JA JA JA JA
JI JI JI
CUANDO ME HUBE RECUPERADO, ME DIJO: «A PARTIR DE HOY ERES TUYO Y NO MÍO. ¡BUSCA AMO Y VE CON DIOS!».
¡Y SUPONGO QUE POR FIN HABLAREMOS DEL ARCIPRESTE!
PACIENCIA, SEÑOR, QUE AÚN OS QUIERO CONTAR QUÉ ME PASÓ CUANDO CONOCÍ A UN ESCUDERO.
A ESTA INSIGNE CIUDAD DE TOLEDO LLEGUÉ CON LA CABEZA VENDADA, Y MIENTRAS ESTABA MALO, SIEMPRE ME DABAN ALGUNA LIMOSNA; MAS DESPUÉS QUE ESTUVE SANO, TODOS ME DECÍAN...
¡RUFIÁN, BELLACO, MALANDRO, CANALLA, BRIBÓN, HOLGAZÁN, GRANUJA!

¡BUSCA, BUSCA UN AMO A QUIEN SIRVAS!
¡SUERTE HAS TENIDO EN TOPAR CONMIGO! ¡ACOMPÁÑAME SI BUSCAS AMO!
AQUELLA ES MI CASA.
PERO PASA, MUCHACHO, PASA.

!
¿HAS COMIDO YA?
NO, SEÑOR. AUNQUE NO ERAN NI LAS OCHO CUANDO ENCONTRÉ A VUESTRA MERCED.
PUES YO HOY HE ALMORZADO TEMPRANO, Y TE HAGO SABER QUE CUANDO LO HAGO, HASTA LA NOCHE ESTOY ASÍ.
PÁSATE COMO PUEDAS, QUE DESPUÉS CENAREMOS.
MENOS MAL QUE HE GUARDADO ESTOS MENDRUGOS.
PARECE BUEN PAN ESE QUE COMES. ¿LO HAN AMASADO MANOS LIMPIAS?
MMM...
¡SABROSÍSIMO!
¿NO TIENES OTRO TROZO?
ÑAM ÑAM
¡LO SIENTO... ÑAM ... SE ME HA... ACABADO... ÑAM... ÑAM!
LUEGO ME PREGUNTÓ SOBRE MI VIDA, A LO CUAL YO LE CONTESTÉ LO MEJOR QUE MENTIR SUPE, DICIENDO MIS BIENES Y CALLANDO LO DEMÁS. ASÍ ESTUVIMOS HASTA LA NOCHE.

¿NO SERÁ BUENA HORA PARA CENAR, AMO?
ES TARDE Y ANDAN MUCHOS LADRONES EN LA CALLE, MEJOR SERÁ QUE ESPEREMOS A MAÑANA. ADEMÁS, LO MEJOR PARA VIVIR MUCHO ES COMER POCO.
SI ES POR ESA VÍA, YO NUNCA MORIRÉ.
ZZZZZZ
UARR
¡CRIADO, VOY A MISA! ¡CUIDA LA CASA, NO NOS VAYAN A HURTAR ALGO!
SI ESPERO POR MI AMO, NUNCA COMERÉ. MEJOR SERÁ QUE VUELVA A MI MENESTER.

LÁZARO, TE HE ESPERADO, PERO COMO NO VINISTE, COMÍ. ¿QUÉ HAS ESTADO HACIENDO?
COMO VI QUE VUESTRA MERCED TARDABA, SALÍ A ENCOMENDARME A LAS BUENAS GENTES, QUE ME HAN DADO ESTO.
HACES BIEN, QUE ES MEJOR PEDIRLO QUE HURTARLO. PERO QUE NO SEPAN QUE VIVES CONMIGO, POR LO QUE TOCA A MI HONRA.
SNIF SNIF
ÑAM ÑAM
VAYA, LÁZARO. ¡COMES DE UNA MANERA QUE PONE EL HAMBRE EN QUIEN TE MIRA!
PRUEBE VUESTRA MERCED, QUE EL PAN ESTÁ SABROSÍSIMO Y LA CARNE BIEN COCIDA Y SAZONADA.
SOLO UN TROZO, POR GUSTAR SU SABOR...

¡VAYA DESASTRE! BUSCANDO MEJORÍA, VINE A TOPAR CON QUIEN NO SOLO NO ME MANTUVIESE, MAS A QUIEN YO HABÍA DE MANTENER.
CON TODO, LE QUERÍA BIEN, PUES AQUEL ERA POBRE, Y NADIE DA LO QUE NO TIENE.
UNA AYUDA, POR DIOS.
ÑAM
ÑAM
ÑAM
PERO QUISO MI MALA FORTUNA QUE AQUELLO NO DURASE...
¡POR ORDEN DEL SEÑOR ALCALDEEEEEEE, SE HACE SABEEEEEEER QUE LOS QUE SEAN DESCUBIERTOS MENDIGANDO SERÁN CASTIGADOOOOS!
SIN LAS LIMOSNAS QUE NOS DABAN, MI AMO Y YO SOLO PODÍAMOS ESPERAR LA MUERTE.
LA CULPA LA TIENE ESTA CASA, LÓBREGA, TRISTE Y OSCURA. MIENTRAS AQUÍ ESTUVIÉREMOS, HEMOS DE PADECER.
¿CUÁNDO CAMBIARÁ NUESTRA SUERTE?

¡NUESTRA SUERTE HA CAMBIADO!
¡LÁZARO, VE AL MERCADO Y COMPRA PAN, CARNE Y VINO! ¡COMAMOS HOY COMO CONDES!
¡MARIDO MÍO! ¿ADÓNDE OS LLEVAN? ¡A LA CASA LÓBREGA Y OSCURA DONDE NUNCA COMEN NI BEBEN!
¡A LA CASA LÓBREGA Y OSCURA...!
¡... DONDE NUNCA COMEN NI BEBEN!
UFFF... SEGÚN LA VIUDA LO IBA DICIENDO... ¡PENSÉ QUE PARA MI CASA LLEVABAN ESTE MUERTO!

ESE DÍA COMIMOS BIEN, Y MI AMO ESTABA CONTENTO, POR LO QUE ME CONTÓ POR QUÉ ABANDONÓ SUS TIERRAS DE CASTILLA LA VIEJA...
VERÁS, LÁZARO. SABRÁS QUE ENTRE LOS HOMBRES DE BUENA CUNA ES COSTUMBRE SALUDARSE QUITÁNDOSE EL SOMBRERO...
PUES HABÍA UN CABALLERO VECINO MÍO QUE SIEMPRE ESPERABA A QUE SALUDASE YO PRIMERO. ¡NI UNA VEZ SE ME ANTICIPÓ!
ASÍ QUE, CUANDO LO VEÍA VENIR, YO ENTRABA EN UNA CASA O ATRAVESABA OTRA CALLE POR NO CRUZARME CON ÉL. ¡QUÉ NO HARÉ YO PARA NO QUITARME EL SOMBRERO ANTE AQUEL QUE NO DEMUESTRE MERECERLO!
¿Y POR ESO ABANDONÓ VUESTRA MERCED SUS TIERRAS?
ERES MUCHACHO Y NO SIENTES LAS COSAS DE LA HONRA. VE A ABRIR, QUE LLAMAN A LA PUERTA.
POM POM
HOMBRE ¿ESTÁ TU AMO, CHIQUILLO?
VENIMOS A COBRAR EL ALQUILER DE LA CASA Y DE LA CAMA.
DESCUIDAD. AHORA MISMO HE DE IR A LA PLAZA A CAMBIAR UNA MONEDA.
VOLVED ESTA TARDE Y OS PAGARÉ.

LLEGÓ LA TARDE, PERO...
LO SIENTO, PERO MI AMO NO HA LLEGADO TODAVÍA.
LO SIENTO...
¡POR SUPUESTO QUE VOLVEREMOS!
¡QUEREMOS NUESTRO DINERO!
PERO... ¡LA CASA ESTÁ VACÍA!
DEBE DE HABER MUDADO TODA SU HACIENDA.
¿DÓNDE ESTÁ TU AMO?
¿DÓNDE ESTÁN SUS PAÑOS Y SUS ARCAS?
¿DÓNDE ESTÁN SU ORO Y SU PLATA?
¿DÓNDE, DÓNDE?
ESE NIÑO ES INOCENTE.
HACE POCO QUE VIVE CON SU AMO.
EL POBRE COMÍA LO QUE NOSOTRAS LE DÁBAMOS.
CUANDO VIERON QUE DE MÍ NO PODÍAN SACAR PROVECHO, ME DEJARON EN PAZ.
Y AHORA, ¿QUIÉN ME DARÁ MI DINERO?
¿ADÓNDE HABRÁ IDO ESE SINVERGÜENZA?

NUNCA VOLVÍ A VER A AQUEL ESCUDERO, CLARO. PERO ENSEGUIDA ENTRÉ A SERVIR A UN FRAILE DE LA MERCED QUE...
¡EL ARCIPRESTE! ¡HÁBLAME DEL ARCIPRESTE!
PERO ES QUE DESPUÉS DEL FRAILE ESTUVE CON UN BULDERO, Y DESPUÉS DEL BULDERO, CON UN PINTOR DE PANDEROS, Y LUEGO CON UN CAPELLÁN, CON UN ALGUACIL...
¡EL ARCIPRESTEEEEEE!
DE ACUERDO, DE ACUERDO...
CON EL TIEMPO ALCANCÉ LO QUE PROCURÉ, QUE FUE UN OFICIO REAL EN EL QUE PODER PROSPERAR. EN EL DÍA DE HOY TENGO EL CARGO DE PREGONERO...
¡EL AGUA MÁS PURA Y LIMPIA! ¡EL VINO MÁS DULCE DE TOLEDOOOOOO!
Y, ENTRE OTRAS COSAS, ANUNCIO LOS VINOS DEL SEÑOR ARCIPRESTE DE SAN SALVADOR.
¡LÁZARO, VEN UN MOMENTO!
HACE TIEMPO QUE TE CONOZCO, LÁZARO, Y SÉ QUE ERES HOMBRE DE BIEN...
HE VISTO CÓMO MIRAS A MI CRIADA.
OH... MI SEÑOR... LO SIENTO MUCHO... YO...
NO, NO, LÁZARO. TRANQUILO...
¿QUIERES CASARTE CON ELLA?

DESDE ENTONCES TENGO EN MI SEÑOR ARCIPRESTE TODO FAVOR Y AYUDA.
HÍZONOS ALQUILAR UNA CASITA JUNTO A LA SUYA...
NOS INVITABA A COMER EN CADA FIESTA...
Y MI MUJER IBA CADA DÍA A GUISARLE Y A HACERLE LA CAMA.
¿A ESTAS HORAS?
PERO NO FALTABAN LAS MALAS LENGUAS...
¡MUCHO TIEMPO PASA ESA MUJER EN CASA DEL ARCIPRESTE!
¿QUÉ HARÁN TANTO TIEMPO JUNTOS?
¿QUÉ HARÁN, QUÉ HARÁN? JI, JI, JI.
YO MOSTRÉ MI INQUIETUD AL ARCIPRESTE, QUE ME HABLÓ SINCERAMENTE.
LÁZARO, NO HAGAS CASO DE DICHOS NI MALAS LENGUAS. TU MUJER ENTRA EN MI CASA MUY A SU HONRA Y A LA TUYA. NO MIRES LO QUE PUEDAN DECIR...
... SINO A TU PROVECHO.

ASÍ QUE POR MÍ ESTÁ BIEN QUE ELLA ENTRE Y SALGA, DE NOCHE O DE DÍA, PUES ESTOY BIEN SEGURO DE SU BONDAD Y DE LA DEL SEÑOR ARCIPRESTE.
¡POR FIN! ¡ESO QUERÍA SABER!
SI ESOS RUMORES NO SON MÁS QUE RUMORES, NO HAY MÁS QUE HABLAR. ¡CASO CERRADO! ¡PUEDE RETIRARSE!
¡DIOS SANTO! ¡TODA LA MAÑANA PARA ESTO!
¿QUÉ TAL HA IDO?
BIEN, BIEN... TODO SE HA ACLARADO. SOLO QUE NO ME HA DEJADO CONTAR LA HISTORIA DE AQUEL FRAILE CON EL QUE ESTUVE, YA SABÉIS, AQUEL QUE NO PARABA DE...
¡OH, NO, LÁZARO! ¡OTRA VEZ NO!
¡SIEMPRE ESTÁS CONTANDO LAS MISMAS HISTORIAS!
¡PERO SI ES DIVERTIDÍSIMA! RECUERDO QUE UN DÍA...

SECRETOS Y CURIOSIDADES DE

Lazarillo de Tormes

ALGUNAS CLAVES

* *La vida de Lazarillo de Tormes* es una novela **anónima** del siglo XVI.
* Está escrita en primera persona, como si fuera una larga **carta** en la que Lázaro cuenta su vida.
* Narra su propio proceso de **maduración**: un chico pobre e ingenioso que va formando su personalidad con lo que le enseñan sus amos.
* Refleja **la hipocresía y la crueldad** de una época en la que el engaño se muestra como el principal medio para sobrevivir.
* Inaugura la llamada **novela picaresca**, protagonizada por un antihéroe.
* El libro fue prohibido por la Inquisición, pero eso no impidió que tuviese **muchísimo éxito**.

LA VIDA EN EL SIGLO XVI

Cuando se publicó el *Lazarillo*, España era una **monarquía muy poderosa**. Dominaba territorios en Europa, América, Asia y África.
La aristocracia era rica e influyente, pero la mayoría de la gente apenas tenía para comer o vestirse.
Esto es, precisamente, lo que le pasa a Lázaro. Y es que, en esta época, España estaba llena de Lázaros.
La **religión** era muy importante, y más aún las **apariencias**.
No importaba tanto quién eras, sino lo que parecías.
Por eso, aunque el escudero era pobre, disimulaba incluso delante de Lázaro.

UN MISTERIO SIN RESOLVER

Después de tantos siglos y muchas investigaciones, aún no se sabe con certeza quién escribió el *Lazarillo*.

La novela hace una crítica tan aguda de la nobleza y el clero –clases poderosas de la época– que, probablemente, su autor se protegió en el anonimato para no ser apresado. Era como un hilo de comentarios envenenados y anónimos en el internet actual, ¡que se hizo viral!

¿QUÉ ES LA PICARESCA?

Hasta la aparición del *Lazarillo*, los protagonistas de las novelas solían ser héroes estimados, valerosos, luchadores y dignos de admiración. Sin embargo, Lázaro es un personaje de baja clase social, pícaro y torpe, que encarna el **antihéroe**.
Con él se inaugura un nuevo género: la novela picaresca.

ESCRITA EN PRIMERA PERSONA.

Todo se cuenta desde la perspectiva del protagonista.

TONO FRECUENTEMENTE HUMORÍSTICO E IRÓNICO,

con presencia de burla o crítica social.

USO DE LENGUAJE SENCILLO

para la época, que recoge refranes y dichos populares.

SUCESIÓN DE EPISODIOS

cuyo hilo conductor es la presencia del protagonista.

AMO 1
EL CIEGO

AMO 2
EL CLÉRIGO

AMO 3
EL ESCUDERO

LEYENDO ENTRE LÍNEAS

Las novelas recogen a menudo los **temas** que preocupan a la sociedad de su tiempo. Por eso, al leer una historia, podemos descubrir lo que era importante para la gente en esa época. Y el *Lazarillo* nos habla de...

LA HONRA

Aunque fueras el más pobre del lugar, la honra te permitía ser reconocido socialmente. Lo malo es que tu honra dependía de cuál era tu familia y de tu «limpieza de sangre» (o sea, de que no hubiera moros o judíos entre tus ascendientes). La obsesión por la honra condena al escudero a vivir en la miseria.

LA RELIGIOSIDAD

La religión, el clero y la Iglesia tenían un papel fundamental en la vida cotidiana de la época. Sin embargo, el autor del *Lazarillo* denuncia la corrupción, falsedad y avaricia de este poderoso grupo. ¡No es de extrañar que la Inquisición incluyese la obra en su *Índice de libros prohibidos*!

EL HAMBRE

En la sociedad española del siglo XVI (bueno, y de muchas otras épocas y lugares) había unos pocos adinerados y poderosos... y una gran masa de población que luchaba por salir de la miseria y sobrevivir a la pobreza.
Pícaros, delincuentes y mendigos son personajes frecuentes en la época.

LA HIPOCRESÍA

En una sociedad pobre, donde la religiosidad y la honra son tan importantes, es frecuente que muchos traten de aparentar ser lo que no son (desde el escudero que finge ser rico hasta el clérigo que finge ser bondadoso) para ganarse el respeto de sus semejantes.

LO QUE LÁZARO NO SABE, PERO EL LECTOR SÍ

En el *Lazarillo*, aunque él mismo cuenta la historia, el lector se da cuenta de cosas que el propio protagonista parece desconocer.

¿No es Lázaro un poco ingenuo con respecto a la relación entre su mujer y el arcipreste?

LA HUELLA DEL LAZARILLO

Muchas de las historias contemporáneas están protagonizadas por personajes pícaros y desgraciados con los que, por cierto, a veces resulta más fácil identificarse.

¿Conoces *Manolito Gafotas*, *El diario de Greg* o las travesuras de Jorge y Berto de *El Capitán Calzoncillos*? Esa mezcla de protagonista astuto y un poco pringado apareció por primera vez en el *Lazarillo*.

¿Has visto alguna vez la serie *El Ministerio del Tiempo*? En ella, los protagonistas viajan a diferentes épocas de la historia para salvaguardar que todo suceda como está previsto. Pues bien, en el capítulo «Tiempo de pícaros», los protagonistas viajan a 1520 y se encuentran nada menos que con el verdadero Lázaro de Tormes.

Fotograma del capítulo «Tiempo de pícaros», en el que se juega con la posibilidad de que Lázaro de Tormes existiese en la vida real.